VALSA Nº 6

NELSON RODRIGUES

VALSA Nº 6

Drama em dois atos
Peça psicológica
1ª montagem em 1951

4ª edição
Posfácio de Antonio Guedes

EDITORA
NOVA
FRONTEIRA

Copyright © 1951 by Herdeiros de Nelson Rodrigues
(ENGRAÇADINHA)

Direitos de edição da obra em língua portuguesa no Brasil adquiridos pela Editora Nova Fronteira Participações S.A. Todos os direitos reservados. Nenhuma parte desta obra pode ser apropriada e estocada em sistema de banco de dados ou processo similar, em qualquer forma ou meio, seja eletrônico, de fotocópia, gravação etc., sem a permissão do detentor do copirraite.

Editora Nova Fronteira Participações S.A.
Rua Candelária, 60 — 7.º andar — Centro — 20091-020
Rio de Janeiro — RJ — Brasil
Tel.: (21) 3882-8200

Dados Internacionais de Catalogação na Publicação (CIP)

R696v
    Rodrigues, Nelson
    Valsa n.º 6: drama em dois atos / Nelson Rodrigues. – 4. ed. – Rio de Janeiro: Nova Fronteira, 2023.
      96 p.; 13,5 x 20,8 cm
      ISBN: 978-65-5640-658-9
      1. Literatura brasileira. I. Título

CDD: B869
CDU: 821.134.3(81)

André Queiroz – CRB-4/2242

Conheça outros livros do autor:

SUMÁRIO

Programa de estreia da peça 7
Personagem 9
Primeiro ato 11
Segundo ato 49

Posfácio 83
Sobre o autor 87
Créditos das imagens 91

Programa de estreia de VALSA Nº 6, apresentada no
Teatro Serrador, Rio de Janeiro, em 6 de junho de 1951

MILTON RODRIGUES
apresenta

VALSA Nº 6
Drama em um ato, de
Nelson Rodrigues

Na interpretação de *Dulce Rodrigues* vivendo SÔNIA

Direção e *mise-en-scène* de Henriette Morineau

PERSONAGEM

Sônia

(menina assassinada aos 15 anos)

PRIMEIRO ATO

(Cenário sem móveis. Apenas um piano branco. Fundo de cortinas vermelhas. Uma adolescente sentada ao piano. Vestida como que para um primeiro baile. Rosto atormentado, que faz lembrar certas máscaras antigas. Mãos pousadas sobre as teclas. Ao fundo, o rumor do bombo, que acompanhará toda a ação. Ao abrir-se o pano a cena está mergulhada na sombra. Apenas uma única luz, incidindo sobre o rosto da mocinha. E, então, ela executa um trecho da "Valsa nº 6", de Chopin. Seu rosto passa a exprimir paixão, quase o êxtase amoroso. Corta bruscamente a música. Ilumina-se o resto do palco. A mocinha ergue-se, sem sair do lugar. Terror.)

MOCINHA — *(aumentando progressivamente a voz, até ao grito)* — Sônia!... Sônia!... Sônia!...

(para si mesma)

Quem é Sônia?... E onde está Sônia?

(rápida e medrosa)

Sônia está aqui, ali, em toda a parte!

(recua)

Sônia, sempre Sônia...

(baixo)

Um rosto me acompanha... E um vestido... E a roupa de baixo...

(olha para todos os lados; e para a plateia, com meio riso)

Roupa de baixo, sim,

(com sofrimento)

diáfana, inconsútil...

(com medo, agachada numa das extremidades do palco)

O vestido que me persegue... De quem será, meu Deus?

(corre, ágil, para a boca de cena. Atitude polêmica)

Mas eu não estou louca! *(já cordial)* Evidente, natural!... Até, pelo contrário, sempre tive medo de gente doida!

(amável e informativa, para a plateia)

Na minha família — e graças a Deus — nunca houve um caso de loucura...

(grita, exultante)

Parente doido, não tenho!

(sem exaltação, humilde e ingênua)

Só não sei o que estou fazendo aqui...

(olhando em torno)

Nem sei que lugar é este...

(recua, espantada; aperta o rosto entre as mãos)

Tem gente me olhando!

(olha para os lados e para o alto. Lamento maior)

Meu Deus, por que existem tantos olhos no mundo?

(sem transição, frívola e cordial)

Depois eu me lembro de tudo o que fui, de tudo o que sou.

(em tom de palestra)

Então, o dr. Junqueira chamou mamãe e disse...

(anda como um desses veteranos que têm uma perna de pau, numa imitação de médico)

(em aparte) No tempo de mamãe usava-se espartilho, róseo e de barbatana...

(frívola)

Mamãe está chorando... Papai, ao lado, nervosíssimo!

(novamente apavorada)

Mas que foi que aconteceu, ora essa?

(frívola)

Dr. Junqueira diz...

(imitação de velho)

Desequilíbrio mental — he! he! Desequilíbrio mental!

(novo pavor)

De quê? Desequilíbrio mental de quem? Não meu!

(numa revolta)

Não quero ser a primeira doida da família!

(feroz)

Já sei por que o dr. Junqueira descobriu que eu estava doida! *(incerta)* Quem? Dr. Junqueira?

(para a plateia, bruscamente doce)

Dr. Junqueira, nosso médico, sabe?

(transida)

Ele sempre me meteu medo, o dr. Junqueira!

(baixo, imitando um velho)

Que idade você tem, he, he!

(pavor)

Não! Não!

(imitação de velho)

Quatorze anos, já, é?

(crispada)

Não me toque!

(ressentida)

Ele disse que eu estava doida porque comecei a ver coisas... E ouvia vozes... Vozes caminhando no ar...

(apontando)

Via mãos, rostos e pés boiando no ar...

(corre para a boca de cena, quase feliz, na ânsia de fazer a confidência divertida)

Uma noite, foi até interessante. De repente, descobri, na parede do meu quarto, um rosto, sempre o mesmo. Um rosto que não saía dali!

(ri)

Fui acordar mamãe. Mamãe, vem, mamãe!

(imitação materna)

Mas que foi, minha filha? Você até assusta!

(riso, apontando)

Ali, mamãe!
Ali, onde?

(irritação doentia)

Será possível que a senhora não veja, oh mamãe!

(lenta e grave)

Mas ela não via. Nada, nada... E, então, mamãe se virou para mim. Sua vontade foi gritar. Por que não grita? *(exasperação)* Grite, mamãe, grite!

(bruscamente doce)

Recuou, assim. *(grita)* Mamãe, aonde a senhora vai? Volte! Uma neblina, uma espécie de nuvem envolveu mamãe! *(ri, feroz)* Ela se debatia dentro da neblina!

(baixo)

Eu sentia uma dor cravada na minha fronte!

(fazendo coro para si mesma)

Chamem a assistência!

Médico!

Assistência!

Dr. Junqueira!

Nossa Mãe!

Dr. Junqueira vem já! Evém! Evém!

(ela própria)

Gritei.

(baixo)

Meus gritos se espalharam por toda a parte. Meus gritos batiam nas paredes, nos móveis, como pássaros cegos.

(começa a correr, em círculo, como uma menina)

Gente corria dentro de casa.

(coro)

Bacia!
Mas pra que bacia?
Claro! Bacia!

(exortação de criadas)

S. Jorge!
S. Benedito!
S. Onofre!

(de novo, informativa)

Eu própria me sentia adormecida...
Adormecida entre gritos...

(gritando)

Afinal, esse dr. Junqueira vem ou não vem?

(novamente menina)

Dr. Junqueira, não quero! Não deixo ele olhar minha garganta!

(atitude de menina)

Não admito que homem nenhum veja minhas amígdalas!

(baixo, a medo)

Evém o dr. Junqueira... Seus passos na calçada... Depois na sala... Agora na escada...

(atitude de pudor)

Ele quer ver minhas amígdalas!

(informativa)

Mamãe se atraca com o dr. Junqueira. Tem um ataque.

(imita os dois)

Minha filha está morrendo, doutor!

Calma no Brasil!

Salve minha filha! Pelo amor de Deus, salve!

(sem transição, rindo)

Uma bola, o dr. Junqueira!

Um número!

(imitação)

Minha filha escapa, doutor?

(muda de tom)

Então, o dr. Junqueira...

(estaca, na dúvida; vem à boca de cena)

Aqui, alguém conhece o dr. Junqueira? Porque eu, imagine, eu guardei o nome, mas não me lembro de seu rosto e...

(aperta a cabeça entre as mãos)

Será mocinho?

(senta-se no alto da escadinha que leva à plateia)

É por isso que, às vezes, eu mesma me julgo doida...

(num lamento)

Porque as coisas, as pessoas deslizam e fogem de mim, como cobras...

(baixo)

Sei que, naquela noite, o dr. Junqueira acudiu de pijama e, por cima, a capa de borracha...

(ergue-se, apontando)

Mas eu só vejo o pijama, a capa e nada mais...

(desce para a plateia)

Agora mesmo. O senhor, que está aí...

(escolhe um espectador)

Sim, o senhor! Estou vendo seu paletó... E seus sapatos... Eles estão aqui...

(ri)

Posso tocá-los... Mas não vejo mais nada... *(irritação)* Como se não existissem pés nos sapatos...

(grita)

Mas o senhor precisa ter rosto!

(para si mesma)

Sei que as pessoas usam rosto...

(sobe a escadinha, fazendo as contas)

Cada perfil tem dois lados e...

(vira-se, feroz, para a plateia e interpela o mesmo cavalheiro)

Então, como é que o senhor não usa duas faces?

(ri)

Vamos salvar a menina, doutor?

(informativa)

Agora, o médico vai aplicar a injeção intramuscular, indolor... Região glútea...

(jogo de cena necessário e faz a aplicação)

Pimba!

(para a plateia)

Sedol. Calmante daqui.
Efeito rápido. Tiro e queda.

(andando com a teórica perna de pau)

Agora, a doente vai dormir.

(mãe, melíflua)

Tomara, doutor!

(imitação de velho)

Deus é grande, he, he, Deus é grande!

(imita, agora, o pai, retorcendo a ponta de um bigode)

Agora, ela vai ficar sozinha! Todo mundo pra fora do quarto! Já.

(muda de tom)

Sônia!

(angústia)

É o único nome de mulher que
eu guardei. Todos os outros
desapareceram de minha vida...

(evocativa)

Sônia, um nome que eu acho bonito,
quase branco...

(numa revolta)

Mas a mim, Sônia, não, a mim, tu não
me enganas!

(olha espavorida, para todos os cantos)

Sei que estás em casa, em algum
lugar da casa... Talvez no meu próprio
quarto...

*(corre para o piano e toca, em desespero,
a "Valsa nº 6")*

Já sei!

(já na boca de cena)

Aposto que o dr. Junqueira é velho.
Desses velhinhos camaradas, que põem
colete. Usam pince-nez. E têm asma!

(afável)

Ah, e só trata de mulher, o diabo do velhinho! De mocinha, senhora ou menina!

(ri)

No bonde, paga passagem para pequenas que ele nunca viu. Até menina de colégio, imaginem!

(novo tom)

Saíram todos do quarto... Papai, já sabe...

(retorce o bigode)

De papai — engraçado — só me lembro do bigode... Bem, mamãe, chorando, coitada! Papai acabou tendo que ralhar!

(retorcendo o bigode)

Você está fazendo um carnaval! Um autêntico carnaval! Que diabo!

(mãe, melíflua)

Mas é minha filha!

(num soluço definitivo)

Uma menina que tem uns modos tão bonitos!

(retorcendo o bigode)

Doutor, e afinal...

(perna de pau)

Caso sério!

Como assim?

O senhor até assusta!

É o diabo!

Está insinuando o quê?

(perna de pau)

Acho, isto é, quer-me parecer... Aliás posso estar enganado...

E que mais?

(para a plateia)

Foi a idade!

Foi o quê?

A idade!

Cáspite!

Vejam só!

Essa que é boa!

Doutor, use de sinceridade!

(perna de pau)

A menina tem 14 anos.

(mãe)

Quinze.

(perna de pau)

Ou 15.

(mãe, espevitada)

Mas que é que tem? É algum crime? Será que uma moça não pode ter 15 anos?

(pai)

Continue, doutor.

(perna de pau)

É a passagem... A transição...

(mãe)

Não entendi patavina!

(perna de pau)

Sua filha era menina. Transformou-se em mulher...

(num crescendo caricatural)

E houve o choque! O abalo!

(mãe)

A idade! Acho que o senhor adivinhou, doutor!

(feliz)

Minha filha tem mudado muito! O senhor não faz uma ideia!

(corre ao piano. Executa trecho da "Valsa nº 6")

Foi, sim! Um abalo muito grande. É por isso que, às vezes, eu tenho certas esquisitices e vejo certas coisas...

(dolorosa)

Mudei tanto!

(súbita euforia)

Antes, eu era uma menina...

(corre pelo palco, trocando as pernas, como uma Ofélia louca)

E me sentia feliz. Porém, agora...

(incerta)

Que foi que mamãe disse?

(mãe)

O que Paulo fez com minha filha não se faz!

(choro sofisticado)

Não foi papel!

(atônita)

Paulo... Meu Deus, Paulo!

(perna de pau)

Esse desgosto também contribuiu!

(de novo, atônita)

Desgosto, eu?

(frívola)

Mas eu não tive desgosto nenhum! A não ser, bobagem sem importância...

(novo tom)

Tive, sim, um desgosto, agora me lembro... Foi num domingo...
Eu estava pronta para ir à missa, quando começou a chover...

(mãe, melíflua)

Minha filha!
Eu.

(mãe)

Você não pode ir com esse tempo! Ah, não! Tenha santíssima paciência, mas eu não deixo!

(choramingando)

Então, eu vou cometer um pecado! O padre disse que não ir à missa é pecado!...

(com dignidade dramática)

Chovia, sim... E quando chove em cima das igrejas, os anjos escorrem pelas paredes...

(frívola)

Esse foi o desgosto...

(incerta)

Outro que eu me lembro... Não, só me lembro desse mesmo.

(sem transição, crispando-se)

Se o dr. Junqueira quisesse pagar a passagem do meu bonde, eu não deixaria!

(evocativa)

Mas Paulo... É um doce nome... E amoroso... Seria meu primo? Ou quem sabe namorado?

(baixa a cabeça, com pudor)

Ou noivo?

(com medo)

Não, não!

(meiga)

Se eu tivesse namorado — ou noivo —
ele estaria aqui, de mãos
dadas comigo...

(grita)

Noiva, eu?

(interpela a plateia)

Mas de quem?

(dolorosa)

Digam!

(interroga uma espectadora)

Eu tenho a face, as mãos, os olhos de
uma noiva?

(ajeita os cabelos)

Há uma grinalda, em mim, que eu não
vejo? Nos meus cabelos?

(maior desespero)

Uma grinalda atormentando minha fronte?

(desespero contido)

Mas, então, terei de ser noiva de alguém!

(riso)

E se eu fosse noiva de ninguém?

(desesperada)

Paulo e Sônia... Quero-me lembrar dos dois... E...

(escandalizada)

Oh, dr. Junqueira pagando a passagem de uma menina de colégio!

(senta-se ao piano e começa a "Valsa nº 6". Depois, breve trecho da "Marcha nupcial")

Paulo é apenas um nome...

(ergue-se e faz um gesto como se fosse apanhar um nome no ar)

um nome suspenso no ar, que eu poderia colher como se fosse um voo breve.

(colhe o voo)

Mas um nome vazio, sem dono.

(cai de joelhos)

Me proteja, minha santa Teresinha!

(chora)

Eu não me lembro de nada, a não ser de nomes...

(para si mesma)

Por isso, muitos têm medo de mim... E ninguém me contraria... Porque estou num mundo... Sim, num mundo em que tudo que resta das pessoas são os nomes... Por toda a parte...

(aponta em todas as direções)

Nomes, por todas as partes... Descem pelas pernas da mesa... Se enfiam nos cabelos...

(feroz)

Eu esbarro neles, tropeço neles,
meu Deus!

(e, de fato, parece esbarrar e tropeçar em nomes)

Até, quem sabe se...

(olha para os lados)

Talvez Paulo esteja aqui,
a meu lado...

(selvagem)

Rindo de mim...

(incoerente)

Não, Paulo, não!

(voluptuosa)

Me abraçando!

(simulação de abraço. Euforia)

Ou beijando, quem sabe?

(melíflua)

Até me admira, Paulo, que você faça essa ideia de mim!

O quê? Eu?

Ah, você não me conhece!

Pois olhe: eu nunca fui à Quinta da Boa Vista. As outras iam, me convidavam, mas eu, que esperança!

(rancorosa)

Não venha, Paulo!

(recua, arquejante)

Longe de mim, maldito!

(grave e lenta)

Sejas quem fores, eu te odeio!

(avança para a plateia)

Odeio a um Paulo que não conheço, que nunca vi... Mas...

(encara um dos espectadores)

Se eu não conheço Paulo, ele poderá ser um de vós!...

(ri, cantarola)

Talvez um de vós seja Paulo...

(com medo)

Mas eu não vejo o vosso rosto...
Nem o de ninguém aqui...

(grita)

E cada um de vós?

(percorre e examina, face a face, cada um dos rostos da plateia)

Tem certeza da própria existência?

(grita)

Respondam!

(baixo, com um riso surdo, feliz e cruel)

Ou sois uma visão minha, vós e vossa cadeira?

(corre, cambaleando, para o palco. Senta-se ao piano. Começa a "Valsa nº 6")

Não!

(em desespero)

Não quero mais esta música! Qualquer uma, menos esta!

(cantarola)

Nesta rua, nesta rua,
Tem um bosque,
Que se chama, que se chama
Solidão
Dentro dele, dentro dele,
Mora um anjo etc. etc. etc.

(diz o etc. etc. etc. e fala)

Vou tocar esta, que é mais bonita!

(cantarola)

Nesta rua, nesta rua...

(mas toca, contra a vontade, a "Valsa n° 6")

Não é isso!

(insiste no canto)

Mora um anjo que...

(e o que sai do piano é, ainda, a "Valsa n° 6")

Valsa amaldiçoada!

(aperta a cabeça entre as mãos)

Meus dedos só sabem tocar "isso"!

(com desespero)

Valsa que me faz sonhar com Paulo e Sônia...

(sonâmbula)

Uma Sônia translúcida e um Paulo esgarçado...

(cobrindo o rosto e rindo)

Dr. Junqueira é doido pela "Valsa nº 6"!

(dramatizando um velho)

Ah, toca a valsa, minha filha, pelo amor de Deus!

(avança até a boca de cena)

Paulo, eu te odeio, e por quê, Paulo?

(num apelo)

Que fizeste de mim, do meu rosto e dos meus 15 anos?

(feroz)

Se eu pudesse enterrar as unhas na
carne macia do teu pescoço!

(suplicante)

Dize, ao menos, o que eu sou de ti?
Noiva?
Prima?
Cunhada?

(exasperada)

Que sou eu de ti?

(triunfante)

Esperem, esperem!

(corre ao piano, e toca a "Valsa nº 6")

Estou-me lembrando! Aos poucos...

(para a plateia)

Paulo cresce como um lírio espantado...

(desenha, com uma das mãos, o lento crescer do lírio simbólico)

Vejo a testa, as sobrancelhas, os olhos,
o puro contorno dos lábios!

(estaca)

Mas tua fisionomia está mutilada!

(num lamento)

Faltam várias feições!

(com deslumbramento)

Agora te vejo de corpo "quase" inteiro...

(incerta)

"Quase", porque eu me lembro de tudo, sim...

(súplice)

Só não me lembro dos teus sapatos. De que cor, de que modelo eram?

(envergonhada, baixando a cabeça)

E como não consigo me lembrar dos sapatos, tua imagem aparece descalça na minha lembrança.

(num apelo)

Por que não te calças, Paulo?

(sem transição)

Aposto que Sônia anda por aí.

(doce)

Mas, Paulo, eu me lembro de ti e de mim. E de mais nada. Porém, duas pessoas não podem existir sem fatos.

(num espanto feliz)

Fatos! Sim, é isso! Isso mesmo!

(excitada, para a plateia)

Fatos... Bem que eu sentia falta de uma coisa. Era deles, dos fatos!

(frenética)

Que aconteceu entre nós, Paulo? Deve ter acontecido alguma coisa!

(súplice)

Que fizeste, Paulo?

(com enleio e volúpia)

Me beijaste, foi, querido?

(feroz)

Ou me traíste?

(cultivando a hipótese)

E quem sabe se com Sônia?

(já no piano dá violento acorde)

Só não queria que fosse com Sônia!

(frívola e irresponsável)

E se já me beijaste, que seria hoje este beijo senão uma sensação perdida?

(desesperada)

Porém, é que... Fizeste uma coisa, sim, da qual não me lembro, uma coisa, não sei, que me separa de ti e...

(coro dinâmico)

Ela é muito meiga!
Uma boa menina.
Educada.
Se é.

(violenta)

Sou, não sou?

(macia e perversa)

Mas ninguém sabe as ganas
que tenho.

(feroz)

De te bater!
De te estrangular, Paulo!

(melíflua)

Talvez sejas doce como um primo
criado com a gente, mas...

(lenta)

O punhal, que papai me deu de
presente... De prata.

(rápida e feroz)

Eu cravaria em ti este punhal!

(alisando o vestido, com enleio)

Sabe, Paulo?

Eu escondia meu ódio, e o dissimulava dia e noite.

(cordial e prosaica)

Se bem que eu tinha muita insônia.

(intensa)

Uma insônia cravejada de ódio!

(corre ao piano. "Valsa nº 6." Espantada)

Mas roubaram o meu punhal...

(frívola)

Como? Ah, sim, pois não! O meu punhal de prata... De penetração macia, quase indolor...

(doce)

E naquele dia, te inclinaste, Paulo...

(ergue o rosto, entreabre os lábios)

...para um beijo rápido.

(espantada)

Mas Paulo! Não beijaste a mim!

(num sopro de voz)

A mim, não...

(num lamento)

Beijaste alguém, que não era eu, que sou tua namorada ou noiva!

(recua, apavorada e apontando)

A mulher a quem beijaste, ainda ficou de boca entreaberta...
Eu vi pelo espelho, tudo!

(incerta)

Mas quem foi, Paulo, quem foi?

(num grito selvagem)

Sônia! Beijaste Sônia!

(corre ao piano, toca, passionalmente, a "Valsa nº 6", ao mesmo tempo que soluça de rosto para a plateia)

FIM DO PRIMEIRO ATO

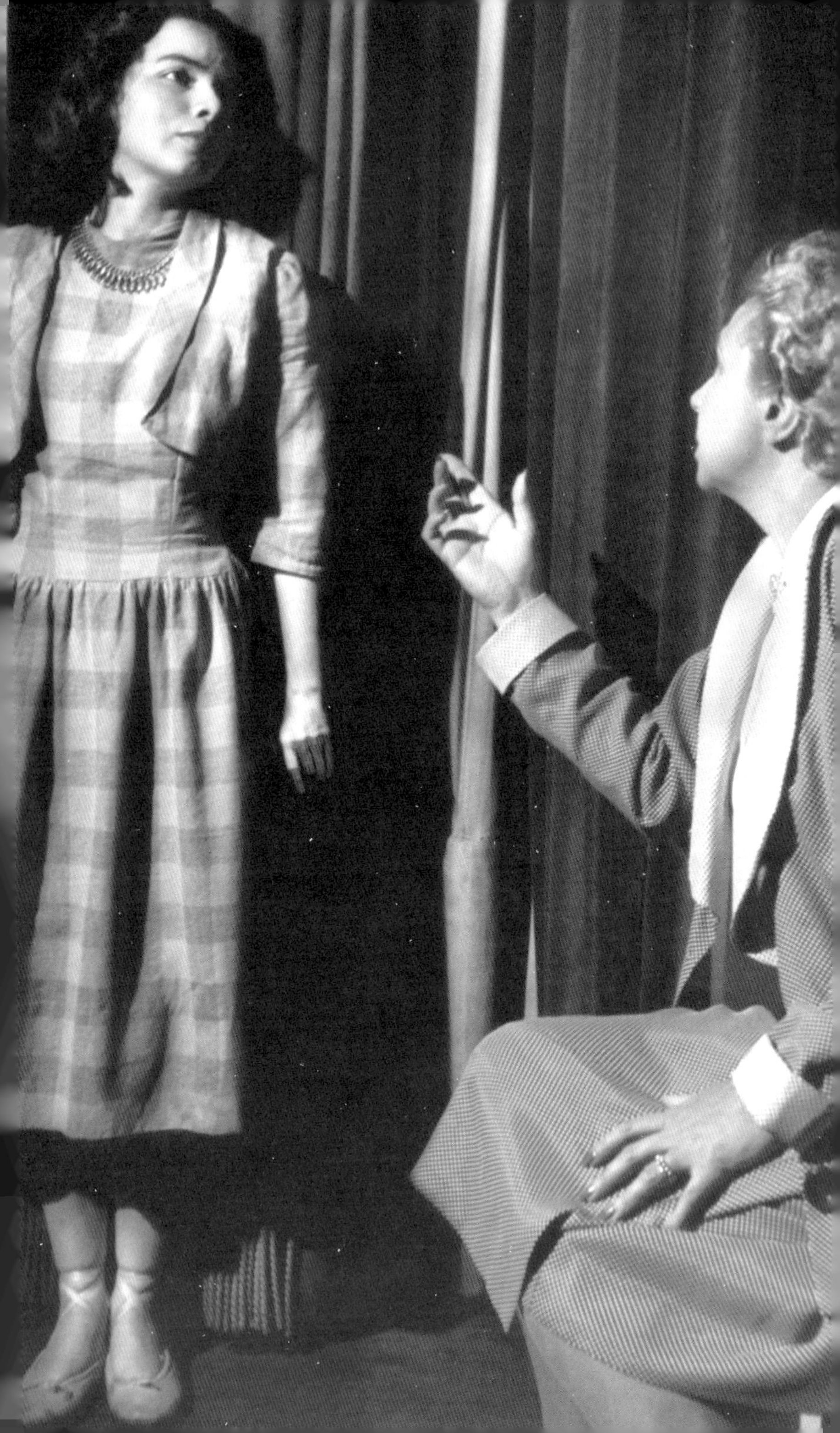

SEGUNDO ATO

(Mesmo cenário. Detrás da cena, o bombo, com o seu obstinado acompanhamento. A menina já não está no piano. No meio da cena, faz a sua encantada viagem ao passado. É, agora, uma menina em pleno jogo infantil.)

MOCINHA — Bento que o bento, ó frade!

Frade!

Na boca do forno!

Forno!

Virai um bolo!

Bolo!

Faremos tudo o que seu mestre mandar?

(erro de português bem enfático)

"Fazeremos" todos!

(paródia de um delirante riso infantil transfigura-se. Lamento)

Não sei, meu Deus!
Isto é, sei! Foi assim.

(senta-se ao piano. Breve trecho da "Valsa nº 6")

Eu estava tocando a "Valsa", a pedido de alguém.

(para a plateia)

Foi, não foi?
Então, esse alguém veio devagarinho, pelas costas...

(golpe no piano)

E que mais, meu Deus? que mais?

(fremente)

Não havia mais ninguém na sala.
Só nós dois...

(golpe no piano)

Mas então eu tive um mau pressentimento... Parei de tocar... A pessoa pediu: CONTINUE! CONTINUE!

(toca e para)

Gritava: MAIS! MAIS! MAIS! SEMPRE MAIS!

(toca e para)

E depois...

(para a plateia)

Que aconteceu depois?

(espantada)

As lembranças chegam a mim aos pedaços... Ainda agora, eu era menina...

(muda-se em menina. Corre, pelo palco, trocando as pernas)

Onde está a Margarida, olé, oli, olá?

(põe-se de joelhos para espiar as águas de imaginário rio)

Vejo restos de memória, boiando num rio,

(aponta o chão)

Num rio que talvez não exista...

(ri, feliz)

Passam na corrente gestos e fatos...

(apanha na água invisível, com as pontas dos dedos, algo que teoricamente goteja)

Eis um fato antigo.

(aponta para o ar)

Vejo também pedaços de mim mesma por toda parte...

(numa revolta)

Meu Deus, como era mesmo o meu rosto, meus cabelos, cada uma de minhas feições?

(para uma espectadora)

Minha senhora, esqueci meu rosto em algum lugar.

(feroz)

Mas eu não saio daqui, antes de saber quem sou e como sou.

(ensaia um retorno à infância)

Onde está a Margarida...

(estaca. Insiste)

Onde está a Margarida,
Olé,

(estaca novamente)

Acho que sou menina!

(incerta)

Não, não...

(chega à boca de cena)

Olé, oli, olá... Acho que sou mulher...

(atitude)

...fumando numa piteira de âmbar...

(num crescendo de angústia)

Ou, então, uma senhora gorda que sofre dos rins, do fígado e se queixa de azia!

(muda de tom)

Senhora, existem ou existiram espelhos?

Ou, então, conheceis a água translúcida de um rio?

Um rio, sim, onde meu rosto possa deitar-se entre águas?

(corre ao piano)

Essa música, estão ouvindo?

("Valsa nº 6")

Era a paixão de Sônia!

A música que Sônia tocava muito!

(dando um acorde selvagem)

Mas eu não odeio Paulo!

(outro golpe)

Eu disse que odiava?

Mas, não, nunca!

Tudo não passou de um mal-entendido!

(irresponsável)

Pois se até gosto muito dele!
Tenho verdadeira adoração!

(coro escandalizado)

Adoração como?
Ora essa!
Depois do que ele fez!
Beijou outra!
Eu, hem!

(selvagem)

Odeio, sim, mas Sônia!

(roda o dedo, ameaçadora)

Ah, se fosse comigo!
Porque fique sabendo que eu sou geniosa!

(faz voz de nortista)

Nasci no Recife, bairro da Capunga!

(gingando, plebeia)

E tira o cavalo da chuva!

(dolorosa)

Saibam que amo Paulo!

(com unção)

É tão bonito que se eu pudesse...

(numa doçura mais intensa)

...vivia acendendo círios diante dele.

(inquieta e sinistra)

Mas Sônia não me larga. Ela me espia!

(olhando para os lados)

Agora mesmo...

(baixa a voz)

Eu sinto os olhos de Sônia dentro de mim...

(apanha fios, que estariam enrolados nas suas pernas)

Sônia está neste momento...

(riso soluçante)

...enroscada nas minhas pernas, como uma serpente de mil anéis!

(num apelo)

Tu, Paulo! Eu te peço!

(chorando)

Darling! Darling!

(estaca)

Quem?
Sônia!
Ora veja!

(com desprezo)

Imagine, Sônia!

(feroz)

Falsa, falsíssima!

(rápida)

Os olhos, o sorriso, a cor dos olhos!

(exultante)

Tudo, em Sônia, não presta, juro!

(corre à boca de cena)

Até eu soube de um caso... Não sei se alguém me contou ou se eu mesma vi...

(feroz)

Eu mesma vi!
Com estes olhos que a terra há de comer!

(coro ávido)

Viu, é?
Conta!
Ah, conta!

(tons diferentes e caricaturais de súplica)

Mas olha que é segredo!

(intencionalmente lenta)

Pois Sônia...

(frívola)

...tem um caso...

(deixa cair a bomba)

...COM UM HOMEM CASADO!

(pausa)

Que tal?

(cochichos escandalizados)

O quê?
E Sônia?
Virgem!
Nossa mãe!
Que blasfêmia!

(confirmando, feroz)

Pois é, homem casado! Casadinho! E está direito? Claro que não, evidente, onde já se viu, essa é muito boa!

(vaidosa)

Eu, não, Deus me livre! Homem casado, comigo, está morto, enterrado!

(súbita angústia)

Oh, Paulo!

(incoerente)

Além disso, eu não acharia bonito homem casado!

Homem casado não é bonito.

(com involuntária doçura)

Nem tem lábios meigos de beijar,

(incerta)

Nem sombreado azul de barba!

(veemente)

Eu preferia morrer!

(solene)

Jamais homem casado roçou meu corpo com a fímbria de um desejo!

(transfigurando-se em mãe de família)

Mas por que Sônia não namora menino de sua idade?

Tão natural, não é mesmo?

(sardônica)

Ah, não! Que esperança!

(cruel)

Prefere o marido de alguém!

(informativa)

Tem horror de rapaz novo!

(com desprezo)

Só pensa e sonha...

(vela o rosto, com pudor)

...com homem feito!

(sem transição, começa a pular amarelinha)

Interessante!

(evocativa)

Até outro dia... Outro dia é modo de dizer... Há coisa de um ano...

(ri, feliz)

...Sônia ainda brincava de amarelinha. Que ótimo!

(estaca)

Margarida... Onde está...

Olé...

Margarida...

Oli...

(lenta e desconfiada)

Olá.

(frívola e ágil, começa a jogar amarelinha)

Sônia de meias curtas... E os cabelos rolando sobre o silêncio das espáduas...

(cordial)

Sônia era menina, tão menina, que, até, nós duas tomávamos banho juntas...

(amável ainda)

Perfeitamente.

E a toalha era só felpuda.

Eu gostava de ver as gotas, milhares, sim, milhões de gotas nas costas, nos braços, de Sônia.

Cada gesto...

(ri, divertidíssima)

...era uma catástrofe de gotas.

(corta o riso)

Pois eu só gosto de namorado de minha idade.
Ou pouco mais velho, só.

(terror)

Mas súbito a menina...

(estaca)

O que foi que houve com a menina?

(paródia materna)

Hem, dr. Junqueira? Que foi?

(pigarro, andar de perna dura)

Nada, nada. Coisa à toa.

(mãe aflita)

Mas Sônia anda triste.
Chora sem motivo...
Ou ri demais!

(baixa a voz)

Deu para ter vergonha de tudo.

De tudo, doutor!

Uma coisa por demais!

(pigarro)

A idade, minha senhora, a idade. A transição...

Idade?

(informativa)

Sônia tinha de 14 para 15 anos.

Quinze.

Ou 15.

Começou a ter vergonha de tudo. Dos próprios pés.

Seu coração palpitava, se ela via os próprios pés,

(doce)

frios e nus, sem meias e sem sapatos.

(pudor)

Pés despidos, meu Deus!

(excitada)

Tem mais, tem mais!

(vem fazer a revelação na boca de cena)

Tinha vergonha dos móveis.
Digo dos móveis descobertos, sem nenhum pano, nenhuma toalha. Portanto móveis nus.

(sofisticada)

Quanta bobagem!

(grita sem transição)

Mas, e eu?
Só se fala de Sônia! Eu própria só penso nela!
Porém agora só vou falar de mim. E de Paulo, também.

(num lamento)

Oh, Paulo! ainda não sei quem és.
Talvez meu primo, meu noivo ou cunhado, mas sei que há entre nós os "outros"...

(com ódio)

Os "outros" sempre existem, estão em toda a parte... Mas não...

(baixo)

Quem me separa de ti deve ser Sônia...

(em seu furor)

Eu sei que ela pensa em ti,
e fecha os olhos.
E se tranca no quarto.
Para pensar em ti.
Até morta, pensará em ti.

(corre ao piano. "Valsa nº 6")

Mas eu tenho meu punhal de prata.

(fora de si, empunha o invisível punhal)

E se eu pudesse apunhalar um nome, cravar neste nome um punhal. Depois vê-lo agonizar aos meus pés.

(veemente)

Se eu pudesse matar o nome de Sônia!

(atônita)

Porém roubaram o meu punhal
de prata.

(súbito medo)

Que esperança! Eu não mataria
ninguém. Nem mesmo um nome, juro!

(grita)

Não há uma assassina em mim!

(baixo)

Além disso, um defunto contamina tudo
com sua morte, tudo, a mesa e a dália.

(para a plateia)

Eu não mataria. Agora Sônia é
diferente!

(segreda)

É capaz de tudo!

(grita)

Mas só elogiam Sônia. E a mim, não.

Sônia é isso, Sônia é aquilo.

(imitação caricatural)

Sônia tem vocação para música, piano, bordado.

(paródia do médico)

Sônia precisa fazer operação de amígdalas.

(despeito)

Eu também preciso, ora essa!
Também quero tirar as amígdalas!
E sei tocar "Valsa nº 6" direitinho.

(corre ao piano e dá um violento golpe no teclado)

Sônia já desejou a morte de alguém.
De quem?
Dele, é lógico. Mas quem é ele?
Deve ser um homem casado... Ou, então, Paulo!

(corre para a boca de cena)

Sim, desejou a morte de Paulo.
Imaginou Paulo morto.

(num sopro de voz)

Sonhou com um velório não sei por que muito branco.

(dança e salta, trocando as pernas)

Sônia dança, Sônia canta!

(estaca)

Dançaria até na câmara ardente de Paulo.

(lenta)

Quem sabe se, na dança, não tropeçaria num círio?

(cordial, amável, mundana)

Mas num velório há sempre um cafezinho.
Distribuição e alarido de xícaras e pires.
Mais açúcar, madama?

(furiosa)

Hipócrita! Mentirosa!

(amável)

Bem. Eu sei fazer muitas coisas. Declamo. Conheço não sei quantas receitas de bolos.

(feliz)

E, uma vez, cerzi uma calça de papai tão bem, que nem parecia.

(coro)

Ela não desejaria a morte de ninguém.
Nem de Sônia?
De Sônia, talvez.
Ótima ideia a morte de Sônia.

(lenta e grave)

Mas Sônia não morrerá.

(exultante)

Há-de morrer, sim!
Farei promessa!

(grito)

Alguém gritou?
Não.
Gritou, sim! Foi, não foi? Um grito!...

(apavorada)

Um grito parecido com um que eu conheço. Mas não pode ser...

(medo ainda)

Foi coincidência.

(incerta)

Engraçado, tão parecido com o meu próprio grito.

(imitação de cochicho de comadre)

Que foi? Que foi?
Uma moça.
Mataram uma moça.
Onde?
Uma moça.
Novinha.

(bruxa)

Não é a primeira que morre.

(lenta)

Um homem casado matou!

(espanto e euforia)

Casado?
Marido de outra mulher?

(coro)

Casado, sim!
No civil e no religioso.
Com filhos.
Tinha uma mulher muito boa!

(bruxa)

Dizem que...

(corre, desesperada, em círculo)

Dizem o quê? Quero saber o que dizem!
Preciso saber!

(cochicho)

Parece que a vítima...

(grita)

Vítima, não! O nome! Quero o nome!

(chega à boca de cena, apela para a plateia)

Alguém sabe o nome? Quem sabe diga, pelo amor de Deus! Eu não quero nada demais, apenas o nome!

(chorando)

E o que é um nome?

(novo tom)

Pois dizem que a vítima estava tocando uma música...

(senta-se, feroz, ao piano)

Esta?

("Valsa nº 6")

É, não é?

(mais cochicho)

Então, o assassino veio, devagarinho... Pelas costas...

(ávida)

Que mais? Pelo amor de Deus, que mais?

(sinistramente)

Não havia mais ninguém na sala.
Só os dois.
Os dois, sim.
A vítima ia ao seu primeiro baile...
Tinha um vestido branco, de lantejoulas prateadas, véu nos ombros... E parece que teve um mau pressentimento, porque...

(gritando)

Continue!

(baixo)

Porque parou a música...
Sei, sei!
Então, o assassino pediu...

(corre para o piano)

Mais, mais!

("Valsa nº 6")

Sempre mais!

(novo trecho)

Sempre, sempre!

(frenesi)

Mais forte!

(o piano quase vem abaixo)

E a vítima continuava. Não ia parar nunca. Então...

(pausa. Deixa o piano)

O assassino mergulhou o punhal de prata nas costas da moça.
Mesmo ferida, a vítima quis continuar tocando e...

(dois acordes ainda)

Gritou?
Gritou.
Sei.

Mas não deu muita confiança à morte, porque ia tocando mais... Porém, a cabeça desabou sobre o teclado...

(golpe no teclado)

Quando apareceu gente, Sônia já estava morta.

(grita)

SÔNIA!

(baixo)

Sônia, disseram Sônia?

(cochicho)

Sônia, sim, como não?

Aquela menina.

Uma que tocava muito bem.

E sabia francês.

Natural.

Estudou nos melhores colégios.

(melíflua)

Incapaz de matar uma mosca!

(tranquila e cruel)

Morreu. Enfim, morreu. Mas eu não estou satisfeita. Nada satisfeita. Pelo contrário...

(olha para os lados)

Seu enterro deve ter sido muito bonito.
E ela própria também, porque as mortas são uma simpatia.

(sofisticada)

Digo isso porque manda a boa educação.

(ostensivamente hipócrita)

Uma virgem morta entre flamas.

(feroz, sem transição)

Larga minhas pernas, Sônia.

(lenta)

Tu já morreste.
Teus olhos estão cegos dentro de mim.
Maldita!

(num aparte melífluo, para a plateia)

É feio falar mal dos mortos.

(feroz)

Teu vestido, sim, teu vestido de lantejoulas prateadas já não me persegue mais!

(na boca de cena)

Escondeste tua maldade de todos! Teu rosto, ninguém o conheceu.

(hirta)

Usaste uma face doce e altiva que não era a tua.

(mais paixão)

Só a morte viu o teu rosto verdadeiro e último.

(selvagem)

Dançarias, não?
Dançarias, se Paulo morresse? Pois eu danço também!

(corre no palco e para para fazer a paródia das comadres)

Viram o assassino?

Quem?

O assassino!

Que coisa!

Completamente gagá!

Médico instruído!

Competente!

(comentário caricatural)

Os velhos hoje em dia são os piores!

(chamando os outros)

Vamos espiar, vamos?

(cruel)

Está ali, deitada, a menina que iludia a todos.

(como se rezasse)

Parecia uma jovem santa, branca e sem mácula, tão frágil e tão fina.

(comadre)

Eras boa demais para este mundo!

(hierática)

Vai-te!

Agora Paulo está puro de ti.

E eu queria que ninguém te visse mais.

Nem as flores do caminho.

Que teu perfil de morta passe por entre lírios cegos!

(numa maldição maior)

E onde quer que estejas, odiarás tua lancinante forma terrena.

(coro de comadres)

O pai está que nem doido!

De amargar!

E a mãe?

A mãe é bacana. Teve 15 ataques!

(bêbedo, com o típico soluço)

Sabe o que me invocou?

(avidez)

Que foi? que foi?

(bêbedo)

É que, mesmo ferida, mesmo com o punhal enterrado nas costas...

(soluço)

...a vítima ainda queria continuar tocando.
Vocação, ora essa!

(comadre melíflua)

Nessas ocasiões, eu tenho muita pena de quem fica!
E eu de quem morre.

(sofisticada)

Mas nem tem comparação.
Eu, hem!
Claro! Porque quem fica chora...
E o defunto?
O defunto nem sabe que morreu!

(Sônia corre ao piano. "Valsa nº 6." E grita dentro da música)

Sempre! Sempre!

FIM DO SEGUNDO ATO

POSFÁCIO

*Antonio Guedes**

A narrativa não é o relato do acontecimento, mas precisamente esse acontecimento, a aproximação desse acontecimento, o lugar onde este é chamado a produzir-se, acontecimento ainda por vir e graças a cujo poder de atração a narrativa pode esperar, também ela, realizar-se.

Maurice Blanchot

A trajetória deste personagem se faz pelo desvelamento dos nomes e dos fatos que povoam a sua memória. Nomes sem rosto; fatos sem gênese. Seu próprio rosto é, para ele, uma incógnita. O personagem se relaciona com o nome de Sônia. Seu passado não se desenha com precisão. Mas quem é este personagem que se mostra no encadeamento de ações e lembranças por ele criado, sem com isso formar uma unidade

---

* Diretor teatral, fundador e coordenador do Teatro do Pequeno Gesto, dirigiu *Valsa nº 6* em 1987, 1989, 1993 e 1994.

que o constitua para si próprio? Uma coisa é certa: existe um personagem no presente, no momento em que a cena se apresenta, no momento em que ele cria situações. E ao vê-lo, vemos Sônia. Vemos um personagem partido em mil pedaços, mas inteiro em cada instante. A rigor, só temos palavras. Palavras que sugerem imagens com as quais tentamos constituir o fato cênico. A peça é toda feita de fatos que são, contraditoriamente, aquilo que falta para Sônia se constituir em uma unidade, pois a ordem dos tempos confunde-os, tornando difícil acreditar na veracidade dos fatos contados. E é esse personagem que conduz a ação. Um personagem que não se reconhece em si mesmo. A cena se constrói a partir dele: de suas palavras e de seus gestos. A cena não se preocupa com a descrição de um mundo fictício. Ficção é todo o conjunto que envolve a cena: a atriz com suas palavras e gestos, a música, o conto. Sim, porque trata-se de um conto, um conto cuja narrativa ultrapassa — ou fica aquém (?) — do objetivo de contar uma história. O conto, o ato de contar, é a criação de um espaço em que, ao narrar os fatos, estes aparecem como o momento presente de dizer e não o resgate de instantes passados na vida deste personagem. Assim, o trabalho da atriz segue uma direção que não permite uma fluência na criação de um personagem ilusório. Ela representa a ideia de um personagem. Sônia preenche todo o espaço cênico; está diluída por todo o palco. Podemos dizer que Sônia é o espetáculo em todos os seus movimentos e transformações. Se a presença do ator é o estar, em dado instante, na cena, a presença de Sônia é o estar viva na articulação deste ator e não no passado a ela atribuído. Portanto, Sônia é cada gesto e cada palavra da atriz que, por sua vez, é, em cada gesto, movimento de Sônia. O personagem é o movimento de presentificação de uma história; é o aparecer do conto. A cena na Valsa nº 6 é a construção deste presente indeterminável, porque fugaz, através do ator que representa um personagem que não é outra coisa senão a realidade fictícia de Sônia.

Texto publicado no programa da montagem de *Valsa nº 6* dirigida em 1989 por Antonio Guedes.

SOBRE O AUTOR

NELSON RODRIGUES E O TEATRO
*Flávio Aguiar**

Nelson Rodrigues nasceu em Recife, em 1912, e morreu no Rio de Janeiro, em 1980. Foi com a família para a então capital federal com sete anos de idade. Ainda adolescente começou a exercer o jornalismo, profissão de seu pai, vivendo em uma cidade que, metáfora do Brasil, crescia e se urbanizava rapidamente. O país deixava de ser predominantemente agrícola e se industrializava de modo vertiginoso em algumas regiões. Os padrões de comportamento mudavam numa velocidade até então desconhecida. O Brasil tornava-se o país do futebol, do jornalismo de massas, e precisava de um novo teatro para

---

* Professor de literatura brasileira da USP. Ganhou o Prêmio Jabuti em 1984, com sua tese de doutorado *A comédia brasileira no teatro de José de Alencar*, e, em 2000, com o romance *Anita*. Atualmente coordena um programa de teatro para escolas da periferia de São Paulo, junto à Secretaria Municipal de Cultura.

espelhá-lo, para além da comédia de costumes, dos dramalhões e do alegre teatro musicado que herdara do século XIX.

De certo modo, à parte algumas iniciativas isoladas, foi Nelson Rodrigues quem deu início a esse novo teatro. A representação de *Vestido de noiva*, em 1943, numa montagem dirigida por Ziembinski, diretor polonês refugiado da Segunda Guerra Mundial no Brasil, é considerada o marco zero do nosso modernismo teatral.

Depois da estreia dessa peça, acompanhada pelo autor com apreensão até o final do primeiro ato, seguiram-se outras 16, em trinta anos de produção contínua, até a última, *A serpente*, de 1978. Não poucas vezes teve problemas com a censura, pois suas peças eram consideradas ousadas demais para a época, tanto pela abordagem de temas polêmicos como pelo uso de uma linguagem expressionista que exacerbava imagens e situações extremas.

Além do teatro, Nelson Rodrigues destacou-se no jornalismo como cronista e comentarista esportivo; e também como romancista, escrevendo, sob o pseudônimo de Suzana Flag ou com o próprio nome, obras tidas como sensacionalistas, sendo as mais importantes *Meu destino é pecar*, de 1944, e *Asfalto selvagem*, de 1959.

A produção teatral mais importante de Nelson Rodrigues se situa entre *Vestido de noiva*, de 1943 — um ano após sua estreia, em 1942, com *A mulher sem pecado* —, e 1965, ano da estreia de *Toda nudez será castigada*.

Nesse período, o Brasil saiu da ditadura do Estado Novo, fez uma fugaz experiência democrática de 19 anos e entrou em outro regime autoritário, o da ditadura de 1964. Os Estados Unidos lutaram na Guerra da Coreia e depois entraram na Guerra do Vietnã. Houve uma revolução popular malsucedida na Bolívia, em 1952, e uma vitoriosa em Cuba, em 1959. Em 1954, o presidente Getúlio Vargas se suicidou e em 1958 o Brasil ganhou pela primeira vez a Copa do Mundo de futebol. Dois anos depois, Brasília era inaugurada e substituía o eterno Rio de Janeiro de Nelson como capital federal. A bossa nova revolucionou a música brasileira, depois a Tropicália, já a partir de 1966.

Quer dizer: quando Nelson Rodrigues começou sua vida de intelectual e escritor, o Brasil era o país do futuro. Quando chegou ao apogeu de sua criatividade, o futuro chegava de modo vertiginoso, nem sempre do modo desejado. No ano de sua morte, 1980, o futuro era um problema, o que nós, das gerações posteriores, herdamos.

Em sua carreira conheceu de tudo: sucesso imediato, censura, indiferença da crítica, até mesmo vaias, como na estreia de *Perdoa-me por me traíres*, em 1957. A crítica fez aproximações do teatro de Nelson Rodrigues com o teatro norte-americano, sobretudo o de Eugene O'Neill, e com o teatro expressionista alemão, como o de Frank Wedekind. Mas o teatro de Nelson era sempre temperado pelo escracho, o deboche, a ironia, a invectiva e até mesmo o ataque pessoal, tão caracteristicamente nacionais. Nelson misturou tempos em mitos, como em *Senhora dos afogados*, onde se fundem citações de Shakespeare com o mito grego de Narciso e o nacional de Moema, nome de uma das personagens da peça e da índia que, apaixonada por Diogo de Albuquerque, o Caramuru, nada atrás de seu navio até se afogar, imortalizada no poema de Santa Rita Durão, "Caramuru".

Todas as peças de Nelson Rodrigues parecem emergir de um mesmo núcleo, onde se misturam os temas da virgindade, do ciúme, do incesto, do impulso à traição, do nascimento, da morte, da insegurança em tempo de transformação, da fraqueza e da canalhice humanas, tudo situado num clima sempre farsesco, porque a paisagem é a de um tempo desprovido de grandes paixões que não sejam as da posse e da ascensão social e em que a busca de todos é, de certa forma, a venalidade ou o preço de todos os sentimentos.

Nesse quadro, vale ressaltar o papel primordial que Nelson atribui às mulheres e sua força, numa sociedade de tradição patriarcal e patrícia como a nossa. Pode-se dizer que em grande parte a "tragédia nacional" que Nelson Rodrigues desenha está contida no destino de suas mulheres, sempre à beira de uma grande transformação redentora, mas sempre retidas ou contidas em seu salto e condenadas a viver a impossibilidade.

Em seu teatro, Nelson Rodrigues temperou o exercício do realismo cru com o da fantasia desabrida, num resultado sempre provocante. Valorizou, ao mesmo tempo, o coloquial da linguagem e a liberdade da imaginação cênica. Enfrentou seus infernos particulares: tendo apoiado o regime de 1964, viu-se na contingência de depois lutar pela libertação de seu filho, feito prisioneiro político. A tudo enfrentou com a coragem e a resignação dos grandes criadores.

CRÉDITOS DAS IMAGENS

Página 10: Denise Milfont vive Sônia na montagem de *Valsa nº 6* dirigida por ela e levada aos palcos de Brasília em 2003, durante o Festival Cena Contemporânea, no Centro Cultural Banco do Brasil. (Foto de Helmut Batista)

Página 48: Dulce Rodrigues (*Sônia*) durante os ensaios do monólogo *Valsa nº 6*, que estreou no Teatro Serrador, Rio de Janeiro, em 1951, sob direção de Henriette Morineau. (Acervo Cedoc/Funarte)

Direção editorial
Daniele Cajueiro

Editora responsável
Janaína Senna

Produção editorial
Adriana Torres
Laiane Flores
Mariana Oliveira

Revisão
Juliana Borel

Projeto gráfico de miolo
Sérgio Campante

Diagramação
Ranna Studio

Este livro foi impresso em 2023,
pela Vozes, para a Nova Fronteira.